바래지 않는 그림

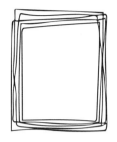

바래지
않는
그림

백만섭
시집

좋은땅

저자 소개

백만섭

1934년 중국(만주) 출생
평안북도 태천중학교 졸업
경상남도 거창고등학교 졸업
중앙대학교 약학대학 졸업
중국 국립 천진중의학원 국제함수반 졸업
중국 하북의과대학 중의학원 졸업
충청남도 서산시 백약국 경영

시집 『마음속 섬 하나』를 내고
충남 서산시에 살면서 글을 쓰고 있다.

시인의 말

목을 밀고 터져 나오는
울음 같은 기억을
한 토막 한 토막 잘라 내어
이름을 붙여 세상에 내어놓고 있습니다.

2022년 6월

백 만 섭

차례

1부 | **바래지 않는 그림**

2부 내 고향

4부 | 나는 누구일까

1부
바래지 않는 그림

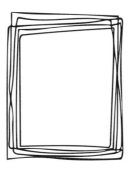

바래지 않는 그림

추억을 붙들고
같이 살아갈 수밖에 없는
백지엔 어떤 선을 그을까

지워 버릴 수 없는 과거엔
무슨 색을 칠할까

바래지 않는
그림이 되기를 바라면서

쫓기듯 살아온 시간을
내려놓은 자리에
늦게 피는 꽃 한 송이 그린다

함께 걸어요

저 요즘
그림을 그리며
살고 있어요

봄에는
자화상을 그리려고 해요

보러 오세요

풀밭에 꽃이 피면 함께 걸어요
차마 하지 못했던 말이라도 하면서요

그땐 내 이름 하나 더 지으려고 해요

생업을 내려놓았다고
아직은
휴식을 허락받고 싶지는 않아요

내가 갇혀 있던 한계에서
놓여났거든요

늦었지만
나만의 공간 하나
마련하려고 해요

내 영혼의 튼튼한 뿌리 위에
꽃을 피워 낼 수 있다면요

그땐 내 이름 하나 더 지으려고 해요

절에 가서도

아내를 따라 절에 가서도
부처님은 뵙지 못하고 돌아오곤 합니다

집착하지 말고
고뇌 번뇌를 다 내려놓으라고 하는데
그걸 모릅니다

고해에서 벗어나려고
비워서 비워 낸 마음은 허허롭지 않을까요

번뇌를 버려야 든다는 정토淨土 앞에서
혼자 결정하고 삶을 견뎌 내야 하는
마음을 붙들고 있습니다

전시회

- 이덕순 약사님 전시회에 다녀와서

요즘도
짬짬이 그림을
그리고 있다고요

억울함과 기도가 쌓여
화사하게 핀 꽃들

저녁 햇살 받아 아늑한
서양식 건물 한 채

얼마나 간절했으면
저런 그림을
그렸을까 하는 생각에
젖어 있다가 왔어요

숨겨온 슬픔을

꽃으로 피워 내고 있는

약사님이 부러워

나를 생각하면서 왔어요

어느 고백

어느 겨울밤
별을 보며 걷고 있을 때
뒤따라와 내 점퍼 주머니에 손을 넣고
춥다고 했습니다

그날 밤부터 인가요
점퍼 주머니에 넣어 준 손이 그리워
찾아갔다가 그냥 돌아오기 일쑤였습니다

그리움이 너무 길어서 쌓인 아픔이
지금은 추억만으로 깊어지는
나이가 되었습니다

누가 전해 줄 사람 없나요

하는 짓마다 어설퍼서
다가서지 못하고

마음으로만
시를 쓰고 있습니다

한사코 보여 주고 싶은데
누가 전해 줄 사람 없나요

사랑하는 사람의 손을 잡는다

새벽잠에서 깬 새소리를 들으며
떠오르는 태양을 볼 수 있다는 것

몸을 스쳐 지나가는 바람 소리를 들으며
심호흡을 할 수 있다는 것

숲속에서 흘러내리는 물소리를 들으며
아침 산책을 할 수 있다는 것

얼마나 괜찮은 일인가

어젯밤
잘 자고 일어나게 해 주어서
감사합니다

앞으로도

오래 그렇기를 바라면서

사랑하는 사람의 손을 잡는다

더 아름답다

꽃이 아름답다
나비가 날아들 때
더 아름답다

한 송이 꽃보다는
여러 송이 필 때
더 아름답다

혼자 보는 꽃보다는
둘이 볼 때
더 아름답다

어머니와 같이 보던
꽃

먼저 와서 기다리고 있다

바람 한 점 없는
점심시간

봄볕이
먼저 와서 기다리고 있다

처마 끝에 매달린 고드름에서
기다림에 길어진 시간이 녹아내리고

눈으로 쌓였던 원망이
거뭇거뭇 녹고 있다

나이테를 하나하나 만들어 왔을 것이다

태어나면서부터
아니 태어나기 전부터
본능적으로 자연에 순응했을 것이다

그렇게 태어나서
한 해 두 해 살면서
살아 내는 법을 익혀 왔을 것이다

별이 쏟아져 내리는 밤을
꽃에 파묻힌 봄날을 보내면서

무성했던 이파리를 떨어뜨리고
추운 겨울을 버티고 서서
나무는 나이테를 하나하나 만들어 왔을 것이다

말없이

우리 결혼한 날
먼 옛날처럼 느껴집니다

함박눈이 하얗게 내려앉은
그날 아침
성공한 인생을 꿈꾸었는데

살고 싶었던 삶을
잃어버리고
생업에만 매달릴 줄 몰랐습니다

지쳐버린 밤이면
꿈꾸던 풀밭에 꽃이 피는
마음은 그 꽃밭에 가 있곤 했습니다

당신은 그런 내 옆에 앉아
말없이 손을 잡아 주었습니다

사랑하다 죽을 겁니다

당신은 예쁘지는 않습니다
그런데도
사랑합니다
지금도 변한 게 없습니다

당신과 자주 싸웁니다
그런데도
없었던 일처럼 잊어버립니다
그러면서 사랑합니다

나는 그렇게 당신을
사랑하다 죽을 겁니다

나이테

나무는 바람에 휘면 휜 대로
가물면 가문 대로
가지가 죽어 옹이가 생기면
흔적을 남기며
속으로 그렇게 나이테를 만들어간다

나는
어떤 모양의 나이테를 만들며
살아가고 있을까

별이 빛나는 이유

친구여

건강하게 오래 삽시다

서둘러 떠나간 친구들과 못다 한 이야기도 하고

건강 때문에 끊은 술도 흉내라도 내면서

별이 빛나는 이유를 이야기하면서 우리

외롭지 않게 오래 삽시다

가 보려 합니다

이제 남은 건
등 뒤에 진 저녁노을뿐인데
몸에 밴 삶의 버릇을
밀어내지 못하고
움직일 수 있는 거리를 재고 있습니다

맨발로 미역 감으러 갈 때
발바닥이 뜨겁던 고향 길이며

가 보지 못한 낯선 길도 겁 없이
가 보려 합니다

삶의 허락을 바라면서

신축년辛丑年

신축년
첫날, 아침 눈이 내렸다

아침을 걷는 길
앞서 걷던 할아버지가
걸음을 멈추고 서 있다

스탠드와 심박동계를 시술한 아내가
나처럼 숨이 가빠 쉬고 있을 거라고 한다

손을 빌려줄 테니 꼭 잡고
미끄러져 넘어지지 말고
숨이 가쁘면 쉬면서
우리 같이
신축년을 걸어갑시다

사랑의 통증

잡아 보고 싶었던 손
꼭 잡아 주면 좋아했던 손

오늘은
꼭 잡아 주니
아프다고 합니다

뼈만 앙상히 남은 손
쾌유를 비는 간절한 소망 앞에서
사랑의 통증을 느끼고 있습니다

3월

새털 같은 햇볕을 타고
봄바람이 불어오면
풀밭은 갈색 옷을 벗고
푸른 옷으로 갈아입는다

3월은
기다리던 사람을 맞이할
꽃단장을 준비하고
4월을 기다린다

좋은 봄날

제주도에서는 유채가 노랗게
봄소식을 알려 왔다고
텔레비전이 전해주었는데

육지에서는 이제야
생강나무 노란 꽃이
개나리보다 먼저 와서
봄소식을 전해주고 있네

네가 오지 않는다면
무엇을 바라면서
긴 겨울을 살아왔겠는가

반갑기만 하구나
움츠렸던 마음 설레게 하는
좋은 봄날

사랑이여

꽃피는 소리에도
그리워지던 사랑

바람에 뒹구는 낙엽소리에도
상처받던 사랑

늙어서도 부끄럽지 않았던 사랑

알맹이 없는 껍질만 남았다
언젠가는 없어질

당신의 손을 놓을 수 없는
사랑이여!

서산 호수공원

하루를 걷는 사람들의 풍경이
아름답다

농사를 짓는 사람들의 저수지가
도시화에 밀려 불리어지던
똥방죽이 서산 호수공원으로 변신한 자리에
가로등이 밝아지는 저녁이면
내일을 위해 혼자서 혹은
사랑하는 사람들끼리 꿈을 키우는
잔잔함을 바라보며

나는
오랜만에 의자에 앉아
여유를 즐긴다

경험

고추는 맵다

고추의 매운 맛은 염증이 있는 내 목을 괴롭혔다
8·15 해방 후도 멕시코 하바네로 태국 쥐똥고추는
우리나라에 들어오지 않아 모르지만
중국 사천 고추에 놀라고 청양고추에 놀라고
서양에서 고추라고 부르는 파프리카를 사다
양념 초장에 찍어 먹다가
마침 맵지 않는 오이고추가 있다기에 모를 사다 심었다
모양도 새끼손가락 가운데 손가락 엄지손가락 닮은 풋고추
연하면서 아삭아삭하고 향긋한 풋 냄새가 좋다
풋풋한 풋고추 맛에 길들여진 입이
영근 오이고추를 먹고
목에 생긴 염증이 자극을 받아
졸경을 치르고 나서야 알았다
맵지 않다는 오이고추도 영글면 매워진다는 것을
먹어 보고야 알았다

내가 쓴 어느 책에라도 남아 있게

십 년 이십 년 삼십 년 분신처럼

지금으로 연결된 추억들

내 죽음에 따른 동행을 그냥 들 수 없어

하나하나 잘라낸 사연에

이름을 붙여 세상에 적어놓고 있습니다

아침 햇살 내려앉아 빛나는

붉은 꽃으로 열매를 맺어

내가 쓴 어느 책에라도 남아 있게

2부
내 고향

내 고향

쑥모루 돌아 들어가면
눈에 꽉 차 들어와 머무는
동산몰 태천 백씨 세거지

재빼기 자락 둘러친 돌담 안
묵직한 기와집들 자리 잡고
앞마당 앞에는 맑은 옥개가 흐르고
돌담 뒤로 버둥개가 흐르는

추억으로 깊이 가라앉은
내 고향 태천골
동산몰

가을이 지나가는 자리에는

고향집 앞마당
가을이 지나가는 자리에는
볏짚가리가 있었고
마당질을 다 못 한
콩가리가 있었다

도리깨질에 저문 타작마당
가을이 지나가는 자리에는
구부리고 앉아 키질하는
어머니가 있었다

유언

저녁 늦게 품팔이에서 돌아온 어머니는
어린 나를 걱정했다

아버지가 돌아가실 때
- 책이라도 읽게
가르쳐 주었으면 좋겠다
하셨다고 한다

6·25가 터지고 전선戰線에 밀려
어머니 손을 놓쳐버린 고향으로
돌아가지 못하고
남쪽으로 내려온 피난 생활

그날 저녁 어머니 말씀을
90이 다 되도록 잊을 수 없는
나는 멍에를 목에 걸고

우직하게 밭을 가는 황소가 되어

세상을 직시하고 있다

아버지 말씀의 책을 읽으면서

가지집장

여름 밥상에 앉으면 생각이 납니다
북쪽 고향집에서는 자주 보았는데
추억이 되었습니다

남쪽에도 어딘가에 있지 않나 싶어
십여 년을 두고 수소문했지만
볼 수 없었습니다

어느 분이
온양 어디에서 본 적이 있다고 전해 들은 후로는
소식을 전해주는 분도 묻는 분도 없었습니다
세월 따라 멀리 떠났나봅니다

그때 그 나들잇길

철없이 마냥 좋고 즐겁기만 했던
화창한 봄날
어머니 따라나선 나들잇길

돌아가는 산모퉁이에 핀
산나리 꽃 꺾어 들고 뒤처지던 길

떨어지지 않으려 달려가
손잡고 걸어가던 길

걷고 싶다
어머니와 같이
그때 그 나들잇길

시골집

몇 달 전에 서울에 올라와 있습니다

저녁을 먹고 산책에 나서니
그늘에 앉아 있던 바람이
함께 걷자고 합니다

내가 머물고 있는 아파트 단지에는
답답함을 버릴 데가 없어
단지 안에서 다람쥐 쳇바퀴 돌듯 돌다가
방에 들어와 텔레비전을 켜고
정든 시골집을 찾고 있습니다

미칠 것만 같은데
시골집은 멀리 있습니다

가을

맑은 하늘이 높게 보입니다

참깨며 녹두를 털어 내고
고단하게 자고 일어나니
낙엽이 소복이 쌓였습니다

겨울을 재촉하지 않았는데
가을이 빨리 지나가려 합니다

도리깨질을 해야 할 콩가리가
아직 남아 있는데

마음이 아프다

바위틈에 풀꽃 하나 피어 있다
얼마나 어려웠을까 하는 생각에
마음이 아프다

비람에 씨앗이 날려 왔을 것이다
우연만이였을까 하는 생각에
마음이 아프다

손자와의 대화

손자가 바싹 다가앉아

묻는다

- 할아버지 얼굴은 왜 주름살이 있어요
- 늙어서 그렇단다
- 왜 늙어요
- 글쎄다

대답이 궁해진 손자와의 대화

사랑하니까 미운 정도 들지

사랑하니까 고운 정 미운 정이 들지
고운 정만 드는 사랑이 어디 있어
사랑하니까 미운 정도 들지

좁은데서 같은 일을 하며
애를 키우다 보니 싸우게 되고
싸우다 보니 미운 정도 들지

오랫동안 혼자 있어 봐
텔레비전을 보다가도 옆을 보게 되고
손을 옆으로 뻗었다
잡히는 손이 없으면 허전해지지
허전해지면 외로워지지

외로우니까 사랑하게 되는 거지
사랑하니까 미운 정도 들게 되지

드나드는 사람이 있어

깨끗이 비워 낸 방도 드나들다 보면
구석에 솜털먼지가 쌓입니다

속세를 떠나 산속 절에서만 정진하는
고승의 마음도 그럴까요

매일매일 아침저녁
마음을 비워 낸다지만
비워 낸 마음은 또 무슨 의미가 있을까요

살아있는 사람의 마음은 아무리 비워 내도
드나드는 사람은 있을 겁니다

단옷날

연분홍 치마가 하늘을 날아오르다가
붙드는 바람을 뿌리치지 못하고 내려와
바람을 품고 하늘 높이 다시 올랐다

황소를 타겠다고 샅바를 잡고 버티는 아저씨를 보다가
함지박에 담아 파는 콩물로 목을 축이면서
하지강냉이와 수리취떡으로 배를 불리고
단옷날을 보냈다

봄바람이 부는 날
꽃가마 타고 시집간 누나는
단옷날이 되어도 돌아오지 않았다

바쁜 일상이 지나가던 거리

바쁜 일상이 지나가던 거리는
코로나 바이러스의 유령으로 을씨년스럽다

도로변 상가 문에는
마스크 쓰지 않으면 들어오지 말라는
방문이 붙고
안을 들어다보면 사람이 없다

겁을 먹은 만물의 영장이
KF94 마스크 뒤에 숨어
숨을 죽이고 있다

들국화

어머니 닮은 꽃을 보았다

어머니와 헤어질 때
그 계절 언덕에서

울컥 설움이 복받친다
어머니가 울고 있다

들국화 꽃잎에 눈물이 맺힌다

고층 건물

고층 건물이 들어선 저 어딘가에
내가 잃어버린 골목이 있는 것 같은 생각이 들어
서성거립니다

아침저녁 드나들던 그 골목길
고누 두고 땅뺏기 하던 그림이
남아 있을 텐데

밀물처럼 휩쓸고 들어선 고층 건물은
정들었던 삶을 배반하고
베고픈 사람들을 삼켰다 뱉어 버립니다

느티나무

마을을 바라보면서 늙어 온
동구 앞 느티나무

꽃가마를 타고 들어오고
꽃상여를 타고 나가던 사연들이
죽은 줄 알았던 앙상한 가지마다 주렁주렁 매달려
스쳐 지나가는 바람에 이야기를 담아
전해주던 느티나무

나는 잃어버린
그 느티나무를 찾고 있다

가을의 오후

뭉게구름에 걸려 쉬어 가는
가을의 오후

길가 코스모스는 지나가는 바람에 당실거리고

장독대 맨드라미
고추잠자리를 붙들고
붉게 타들어 가는데

하늘은 파아란
소녀의 눈을 닮아 있다

그렇게 하자

외로워도 너무 외로워하지 말자

그리워도 너무 그리워하지 말자

힘들고 어려워도 그렇게 하자

그렇게 생각하면서 살자

사랑이 서툴러서

당신을 사랑합니다

때로는 나를 섭섭하게 해도
사랑해서 그러는 거라고 믿습니다

토라져서 말을 안 해도
사랑하니까 그러는 거라고 믿습니다

미안합니다
사랑이 서툴러서

어머니와의 하루

갈아엎은 흙더미 위에 내려앉아
춤을 추고 있는 할미새를 보라고
어머니를 부른다

아물거리는 아지랑이가 신기해
어머니를 부른다
어서와 보라고

밭 갈던 어미 소를 따르던
망아지도 엄마를 부른다

지금은 옛말이 된
내 어릴 적 어머니와의 하루

어머니 텃밭

봄이 오면 앞마당 텃밭을 갈아
일 년 먹을 오이 가지 상추 고추며
가장자리에는 부엌비 한 자루 맬 만치만 수수를
방비 한 자루 맬 만치만 기장을 심는다
병아리 들어오지 못하게
수수깡을 엮어 울타리를 치고
호박을 심어 올린다

가을이면 고추잠자리
수수 잎을 붙들고 낮잠에 드는 앞마당
어머니 텃밭

내 고향 버등개

개울물이 굽어 흐르는 쪽에
쌓아올린 둑 위에서
여름이면 한가로이 낮잠에 드는
버드나무 늘어선 버등개

하얀 돌 위에 광목을 헹구어 널고
개구쟁이 내 옷을 빨아 주던 어머니

빨랫방망이 소리를 들으며
잠방잠방 흐르는 잔돌
위쪽 물줄기를 막아
기름종개를 잡는데 정신을 잃던

내 고향 버등개 맑은 물은
지금도 흐르고 있을까

소리 없는 울음소리만

피난길에서 헤어진

다시는 뵐 수 없게 된 어머니

소리 없는 울음소리를 들으며 따라 울다

말을 건네다 울음에 막혀 잊지 못하고

풀어낼 수 없는 실타래를 쥐고 있는

죄인으로 살고 있습니다

다시는 뵐 수 없게 된 어머니

소리 없는 울음소리만

환청처럼 들립니다

손을 잡고 나는

살아내느라 무던히도 애쓰던 집사람이
그럴 수도 없는 길에 들어서려합니다

돌아설 수 없는
끝자락에 서서

생활 주변을 정리해 보지만
서로를 붙들고 있는 것들을
쉽게 버리지도 못하고
비워 내지도 못하고

말을 잃어가는
아내의 얼굴을 들여다 볼뿐
손을 잡고
나는 아무것도 못합니다

실버들

1950년 12월 그믐날 저녁
고랑포 남쪽 어느 마을에서 적군의 공격을 받아
양주까지 후퇴하여 잠깐 눈을 붙였다

꽝음에 눈을 뜨니 장갑차가
전투가 벌어진 곳으로 들어가고
길가 한 모퉁이에 바람에 가지가 날리는 실버들
한 그루 서 있었다

추운 겨울바람에 수건도 쓰지 못하고
실버들처럼 머리카락을 날리며
어린 자식이 집으로 돌아오기를
기다리고 있는 어머니 생각에 눈물이 났다

지금도 나는
그날 그 전쟁터에 홀로 서 있다

3부
피난길

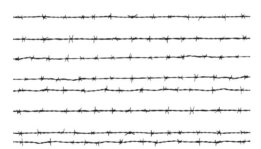

피난길

1950년 11월 4일
총알을 피해 집을 나와
정신없이 달리던
내 고향 태천의 마지막 새벽길

어머니와 헤어지고

전투를 피해 산속으로 피신했다가
누워 잠들었던 자리
체온에 녹은 눈에 얼어붙어
일어나가 힘들던 밤

야전잠바에 투박한 군화를 신은
흑인 병사의 죽음
이제 죽어도 할 수 없구나,
막다른 길에서야 알게 된 죽음과의 동행

어린 나이에

단신 월남하면서 맞닥뜨린

삶의 낭떠러지였다

제 몸 타는 냄새

피난길이 저물어
마을에 머무르면
안방에 들어가 등잔 밑을 살피고
부엌에 들어가 성냥을 찾아
부뚜막을 더듬는다

살아남아야하는 절실함이
전해 들은 말에 기댄다

발에 물집이 생기면 뒤떨어진다
성냥개비 서너 개 모아 쥐고
불이 붙으면 즉시 물집을 태운다

살아남은 목숨이
제 몸 타는 냄새를 맡고 있다

한겨울 강물보다 차가웠다

잠자리를 찾아
영업이 끝난 목롯집이나
제재소 빈방을 기웃거리고

아침밥을 어떻게 해결해야 하나
생각하다 저녁밥을 걱정하던 피난 생활

추위만 감도는 인기척 없는 길거리에서
시장기를 느끼며 서성거리던, 명절
설날 아침은
한겨울 강물보다 차가웠다

운명처럼

할머니는

내가 밥을 먹다 말고 남산을 바라보면

커서 먼 데로 장가간다고 하셨다

그래선지

추운 북쪽 땅에서

따뜻한 남쪽으로 피난 와서

장가를 들었다

버릇을 고쳐주려고 한 소리가

운명이 되었다

그날이 그리워지는

아랫목에서 화롯불을 껴안고 시간을 보냈더니

머리가 아프고 어지러워

얼음이 둥둥 뜨는 동치미 국물에

참기름 몇 방울 떨어뜨려 찬밥을 말아먹고

아랫목이 뜨거운 친구네 사랑방을 찾아 나서면

처음 밟는 하얀 눈이 짚신과 버선에 달라붙어 앞서가던 그날

가스보일러에 데워진 방에 앉아

새벽에 내려앉은 함박눈을 보다가 다시 누워

친구네 사랑방을 찾아 나서던

그날이 그리워지는

은어

어미를 닮아버린 날렵한 태생으로
겁 없이 바다로 첫 여행을 떠난 은어는
파도와 영악한 족속에 시달리다
수수가 익을 때쯤 돌아온다

마음이 어리어 있는 고향을 향한
마지막 여행을 한다

장마

논밭 사이를 흐르는 강이
비탈진 산기슭을 흘러내리는 강을 만나는
합수머리가 있다

물싸움이 벌어지는
숙명적인 합수다

장마로 물이 불어나면
물싸움은 언제나 물살이 사나운 쪽이 이기고
논밭은 물바다가 된다

장마가 걷히면
논밭은 흙탕물로 분칠한 속살을 드러내고
햇볕은 아픈 상처를 어루만지면서
은밀하게 숨겨져 있는 생명을
키워 내고 있다

마지막 길인지도 모르는

낮선 길을 걸어가고 있다

겨울 양식으로
콩밭에 사는 쥐는
콩만 물어다 저장하고
팥밭에 사는 쥐는
팥만 물어다 저장한다는데

내 낮선 길은
무엇으로 채워가며
살아가야 하나

마지막 길인지도 모르는
길을 두리번거리며 걷는다

도시의 불빛

비 오는 밤
우산 하나 받쳐 들지 못하고
걷고 있다

뿌리는 비에 젖은 마음이
무겁다

이따금 흐르는 자동차
헤드라이트 불빛을 따라
먼발치에
도시의 불빛이 들어온다

당신을 생각합니다

낯선 나를 만나 평생을
불평 한마디 없이
고생만 한 당신을 생각합니다

어려운 생활을 맡아 하느라
얼마나 고생했을까
그때는 생각을 못했습니다

애들 가르치느라
얼마나 힘들었을까
생각을 못했습니다

사랑한다는 말
한마디도 해 주지 못했는데
투정 한 번 없이 살아 준
당신을 생각합니다

병수발

사람들 속에 섞여 인사를 나누며
밝아오는 아침을 보아야할 집사람이
병마에 얽혀 식은땀을 흘리며
매뉴얼대로 움직이는
현대 의학 앞에 누워 있습니다

이 세상 문턱을 왜 넘으려 하는지
알 수 없는 옆에 앉아 약을 챙겨 주고
화장실을 같이 가 주는 일 밖에
해 줄 수 있는 게 없어
미안합니다

살면서 잘해주지 못해
정말 미안합니다

사랑을 먼저 하게 돼서

미안하다

사랑을 먼저 하게 돼서

꽃으로 피어날

정원 하나

만들어 놓지 못하고

내 삶 가운데 불러들여서

내려놓을 수도 없는 짐을

차도와 건물 사이에 낀
비켜설 수 없는 인도에 서서
쉬고 있다

등에 지면 꼭 좋을 짐을 이고
오른손에는 병이 들려 있다

성한 다리 하나에 힘을 주고
버티고 있다

내려놓을 수도 없는 짐을
머리에 이고
무슨 생각을 하고 있을까

생채기 하나 없이

얼어붙은 강 위에 내린 눈을
매서운 강바람이 휘몰아치는데
얼음장 밑으로 강물은
정갈하게 조용히 흐르고 있다

생채기 하나 없이
제 갈 곳으로 가고 있다

너무 긴 이별

6·25. 71년이 되는 해라고 한다

서울에 사는 작은 아들이
5월 2일 일요일
KBS 1이 밤 9시 40분 방영된 영상이라면서
카카오톡으로 보내온 시사기획 창
이산, 너무 긴 이별을 보고 있다

전쟁으로 헤어진 사람들이
평양을 다녀오고 서울을 다녀가는 또 한 번의 이별
화면에 떠오른 자막

　　꼭 만나야 할 사람
　　만날 수 없는 세상에서
　　나는 살고 있다

　　　　　　　　　　실향민 백만섭 시(詩)

울컥하면서 자막이 흐려진다

다시는 뵐 수 없는 얼굴을 놓쳐버리고
쓰러져 일어서지 못합니다

국밥 한 그릇

전쟁이 한참이던 때
의지할 곳 잃어버리고
눈 내리는 날
후방 조그마한 읍 소재지에서
시장기와 앞으로 살아가야 할 걱정이 뒤섞인
늦은 아침 서성이는 나를 불러들여
찬밥을 끓는 고기 국물에 데워 말아
고기를 얹어 건네주시던 목롯집 할머니

살아가는 이치와 도리를 가르쳐 준
잊을 수 없는 그날 아침
국밥 한 그릇

나는 다리가 긴 물새

나는 다리가 긴 물새
바다 위에 뜬 작은 바위
머리 위에 올라서서
고향을 떠나온 사람만이
바라볼 수 있는 하늘을 보고 있다

해 넘어가는 하늘이 멀어져 간다

만나야 할 생각만 가득 차
외로움이 깊어지는 시름에
날개가 무거워지는
나는 다리가 긴 물새

그러면서 한평생을

살다 보면
좋은 일도 생기고
아픈 일도 생기지

살다 보면
잊어버릴 때도 있지

살다 보면
바라는 일도 생기게 되지

그러면서 한평생을
살게 되는 거지

졸업을 앞둔 학창 시절

고등학교 다닐 때도 그랬듯이
대학에 들어가서도 먹고 자는 문제는
피난민 꼬리표처럼 따라다녔다
자취 생활도 잠깐
입주 가정교사가 되었다

주업이 학생인지
가정교사가 주업인지 알 수 없는
몇 번의 학기를 마치고 졸업하였다

취직을 하던가
개업을 해야 할 텐데
어느 것 하나 쉽지 않은
졸업을 앞둔 학창 시절

그때 그 눈물

38선 부근에서 전쟁이 한참인데
수복된 시골 마을에 서점이 들어섰다
나는 지금도 키가 작지만
그 때는 기름때가 꾀죄죄한 작업복을 입은
왜소한 화물 자동차 조수였다
어느 날 서점에 들어
고등학교 수학 교재를 꺼내 들고 보았다
재빠르게 달려온 여자 주인은 책을 뺏으며
- 너 이 책 볼 수 있어 한다
기름때가 묻은 손이 눈에 들어오고
마음이 무너져 내려 도망치듯 밖으로 나오니 눈물이 났다
나이 80후반에도 마르지 않는
그때 그 눈물

아픈 봄 슬픈 가을

물이 오르는 소나무 속껍질을 벗긴다
잔인함에 목이 메어 송굿떡이 넘어가질 않던
아픈 봄

한약재 채취에 동원되어 밭둑 도꼬마리를 뜯고
들어오는 길에 콩밭을 찾아 쥐구멍을 판다
파낸 콩 몇 되가 무거웠던 슬픈 가을

전쟁이 일어나기 전 북녘 땅
눈뜨고 굶을 수 없던 인간의 잔인함

봄비

눈이 내린다

겨울바람이
휩쓸고 간 동토에
포근히 쌓인다

눈이 덮인
대지는 일 년을 잉태하고

쌓인 눈이
녹을 때쯤
봄비로 태어난다

멀어지는 쓸쓸함

꽃눈이었다가
꽃이 피고

꽃 떨어진 자리에
열매가 열리고

열매가 떨어지고 나면
그만

삶에서 멀어지는
쓸쓸함

시간에 뺏기는

- KBS 1 인터뷰

2021년 5월 10일
KBS 1 나의 살던 고향은 프로그램을 통해
이산가족 인터뷰를 기록하고 있다면서
인터뷰를 부탁하기에 응했다

7월 3일 토요일 밤 8시 5분
시집 마음속 섬 하나를 집어 들고
꼭 만나야 할 사람을 낭송했다

안타깝게 흐르는 시간에 뺏기는
고향 꼭 만나야 할 사람
기자의 질문에 가슴이 뭉클하여
말을 잇지 못했다

4부
나는 누구일까

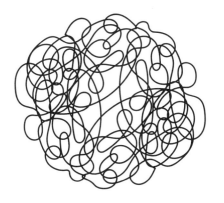

나는 누구일까

나를 읽어 본다

읽다 보니
줄을 바꾸어가며
섞어가며 읽고 있다

한마디로 말할 수 없는
여러 말로도 말할 수 없는 혼돈
정리가 안 되는 깊이로 빠져든다

나는 누구일까

아직도 모른다

나를 아직도 모른다

살아간다는 것을
살고 있으면서도
모르고

모르면서
세상을 살고 있는 나를
아직도 모른다

낯선 얼굴

거울 속 낯선 얼굴이 쳐다보고 있다
누굴까

얼굴을 돌렸다 다시 보니 계속 보고 있다
두렵다

내 얼굴은 어디 갔을까

그래서 시를 써요

사는 게 분주하다고
잊고 살지는 않았어요

마음 깊숙이 묻어 두고 산 건
사실이에요

잘 아시지 않아요
같이 묻혀 살면서 보아온
제 참모습을

이제 와서
당신을 불러 마주 앉은 건
그래서예요

나를 누구냐고 물으면
뭐라고 대답하지요

도와줄 사람은

당신 밖에 없더라고요

그래서 시를 써요

늦게 피고 있는 꽃

화려하게 피었던 개나리
지고 있는데
철 늦게 피고 있는
개나리가 있습니다

무슨 일이 있었는지
거들떠보지도 않는다는 걸 알면서도
외롭게 힘들게
피워 내고 있습니다

힘을 다해
삶을 다잡으면서

당신은 누구입니까

가야 할 길에서

벗어나지 못하게

풍요롭지는 못했지만

먹고 사는 데 부족함이 없게

늙어서도 하고 싶었던 문학과 동행하게

돌봐 준

당신은 누구입니까

가끔 그래요

당신을 생각하며
시를 썼어요

마음에 와 닿지 않는
시가 쓰여졌네요

시계를 보니 밤 2시네요
오늘을 생각해서 잠을 청했는데
잠이 도망갔네요.

가끔 그래요

오늘은
당신을 그려 놓고
시를 써 볼까 해요

달려갈 수 없는

창밖은 봄바람에 꽃이 피고 있는데
병원 입원실에 갇혀 하얘지는 머릿속에
찍힌 먹물처럼 보고 싶은 마음 혼자 남아
그림을 그리며 시를 쓰며
당신에게 달려갈 수 없는 나를
위로하고 있습니다

첫 직업

6·25전쟁이 한참이던 후방

충북 증평에는

엽연초 생산 조합에 일제 자동차 한 대

벽돌 공장에 미제 자동차 한 대가 있었다

폭탄이 뒤집어 놓는 북새통에

운전면허를 받고 2차 대전 오끼나와 전투에 참여했다

불하된 GMC와 같이 살았다

화물 자동차 운전수는

내 첫 직업이었다

맞벌이

겨울이 지나가는 이른 봄
고속버스를 타고 시골집으로 내려간다
피로한 눈에 띄엄띄엄 까치집이 들어온다

소나무와 잣나무에는
집을 짓지 않는 모양이다
유독 벌거벗은 나무
꼭대기 가지 사이에 집이 있다

아무리 눈여겨보아도
까치는 보이지 않고
빈집만 남아 있다

고층 아파트 꼭대기 층에 살면서
맞벌이로 집을 비우는
나처럼

계단

적금 통장을 들고
은행을 드나들던 어느 날
집을 장만하고

2층 집에 산다며
계단을 성큼성큼 걸어 오르다
뒤따르는 나를 보며 좋아했다

그러던 아내가
계단을 힘들게 오르며
손잡이를 붙들고 숨을 가쁘게 쉰다

부축해 주기를 기다리면서

너그럽지 못하고

닮아 있다고 생각이 드는
널려진 결과들에 너그럽지 못하고
종종 책을 뒤쪽부터 앞쪽으로 읽어 간다
버릇처럼 앞장부터 몇 장 넘어가다가도
다시 맨 뒤 제목, 내용을 읽고
앞 제목으로 옮겨간다

결과를 읽어 보고 앞부터 읽을지를 정한다
살아가야할 바쁜 시간 때문이라고
변명하면서

불면증

팔베개를 해 달라고 한다
아픈 팔인 줄 알면서

검버섯과 깊어진 주름살이
무슨 말인가를 하려다 말고
눈을 감는다

잠들었다 싶어 팔베개를 빼면
손을 더듬어 잡는다
잠이 안 온다면서

그게 아니다

별을 보고 있노라면
해가 졌다는 걸
까맣게 잊는다

꽃을 보고 있노라면
일 년이 지나가고 있다는 걸
까맣게 잊는다

그렇게
까맣게 잊으면서 사는 줄 알았는데

거동이 불편해지니
까맣게 잊고 살았던 것들이
생각난다

뒷모습을 보고 있다

날씨가 좋다

동네 길을 걷다가

오늘은 마음먹고

새로 생긴 호수공원길을 걸어본다

아는 사람이 보이질 않는다

가빠진 숨이 낙엽이 내려앉은 의자에 앉아

멀어져 가는 저녁노을의 뒷모습을 보고 있다

요즘 내 하루

옆자리에서 무엇인가를 조곤조곤 이야기하고 있다
어느 보슬비 내리던 날
커피를 담아 건네준 머그잔에서
그날의 다정다감을 생각하다 시집을 펼쳐 들고
사랑한 사람이 두고 간 이야기를 그리워한다

시를 쓰다
간신이 서두를 써놓으니
결구가 생각나지 않아
내 외진 곳을 들여다보고 있다
혹시나 해서

별것도 아닌 것에

나이 들어 생업도 접고
고스톱도 장기도 배우지 못해
경로당에도 오래 앉아 있지 못한다

택배로 온 스티로폼 박스에 흙을 담아
문 앞에 놓고 매운 고추 오이고추를 심었다

금년처럼 가문 해는
하루에 두 번은 물을 주어야 고추 구실을 한다

사소한 일에도 귀찮아지고 그러면서도
별것도 아닌 것에 신경이 쓰인다

보고 싶다

고등학교 다닐 때
저녁 먹고 제방을 걸으며 불러 주던 가곡
지금도 귀에 생생한데
누나 할머니 됐겠네
내가 할아버지 됐으니까

그때 배운 가곡

기러기 울어 예는 하늘 구만리
바람이 싸늘 불어 가을은 깊었네

부를 때마다 생각난다
지금도 거기 가면 만날 수 있을까

당신 목소리를 듣고 싶습니다

오늘은 유난히
당신 목소리를
듣고 싶습니다

허전해지거나
불안 같은 게 느껴질 때면
더욱 그렇습니다

당신 목소리에
눈을 맞추다 보면
마음이 편해진다는 걸
알기 때문입니다

부지런을 떨고 있다

한 고비 넘기면
또 한 고비
벗어나지 못하고
살아 내기 바빠 놓쳐 버린 것들을
허리를 구부려야 편해지는
나이가 되어서 눈여겨보고
챙겨 놓을 것이 많아 아침부터
부지런을 떨고 있다

본능만 남아

꼬박 밤을 샌 새벽별이
주저앉은 자리를 떠나는 밤은
아무 말도 해 주지 않고

아침부터
탁구공처럼 콩콩 튀어도
바쁘기만 한 하루하루

살면서 느끼는 욕망도 멀리 두고
살아 내야 하는 본능만 남아

제 육체와 정신을 어루만진다

참 고마운 사람이다

마음이 시리게 슬프고 서러울 때도
곁에 있어 주어서 참 고마운 사람이다

곡절 많은 삶 속에서
고향 같은 잊을 수 없는 사람이다

일마다 나보다 먼저 애썼다고
말을 건네주는 사람이다

세상을 고맙게 느끼게 해 준 언덕으로
곁에 있어 주어서 참 고마운 사람이다

존재의 시적 개화(開花)와
사랑의 완성

김유석(문학평론가·시인)

노년, 낯선 길을 나서기 좋을 때

한국 문학에서는 그간 여든이 넘은 노령자가 어떤 생각과 감정으로 일상을 살아가는지 찾아보기 어려웠다. 실생활에서도 겪어 보지 않는 이상 백년 가까운 전 인생을 성실한 생활인으로 살아온 남자가 어떤 생각을 갖고, 어떤 감정 생활을 하는지, 단독자 개인으로서 최종적으로 무엇을 가장 소중하게 여기는지, 죽음을 받아들일 마음의 준비를 어떻게 하는지를 제대로 알지 못한다. 문학연구자 김열규가 『노년의 즐거움』이나 철학자 김형석이 『백년을 살아보니』 등에서 노년의 성숙을 고백으로 풀어내기도 했고,

박완서와 최일남이 소설에서 노년의 일상과 갈등을 이야기하기도 했다. 황동규와 신경림 시인이 시인의 노숙함으로 노년의 회한과 초탈 의지를 그렸다. 이들에게 노년은 경력의 절정기를 지난 후, 후배들에게 자리를 내주고 인생과 경력을 정리하는 시절에 가까웠다.

이는 우리의 문학사에서 역동의 역사와 변혁을 겪으며 청년 문학이 우위에 서 있었기 때문이다. 많은 문학인들은 노년이 되어서도 청년의 마음으로 시를 썼다. 노령 인구가 늘어나고 노령층 역시 자신을 솔직하게 표현하고 삶을 가치 있게 영위하고자 하는 열망을 숨기지 않는 요즘 백만섭 시인은 우리 시단에서 단연 개성으로 가득 찬 행보를 보여주고 있다. 시인은 건실한 생활인으로 살아오다 돌연 87세에 첫 시집 『마음속 섬 하나』을 냈다. 오래 그리고 멀리 숨겨 두었지만 동경해 왔던 기억과 일상 속 아름다움을 따스하고 정밀한 시선으로 그렸다. 그리고 1년여 만에 두 번째 시집을 상재하였다. 시인은 한 세기 가까운 생을 시로 표현하기로 결심한 후 그 긴 세월 동안 담아 두었던 시심(詩心)을 활짝 터트리고 있다.

백만섭 시인의 시를 접하기 전에, 노령자에 대한 흔한 편견대로 감정이 신파로 흐르지는 않을까? 이야기와 산문이 어울리는 나이 아닐까? 아흔 나이에 절제된 언어와 충만한 감성을 특장으로 하는 서정시가 적절한 걸까? 하는 우려가 들었던 것이 사실이다. 그러나 우려는 기우에 불과했다. 백만섭 시인의 이 시집을 읽으며 늙는 것도 걱정할 일은 아니라고 생각했다. 정서보다는 신념이, 이해보다는 주장이, 활기보다는 우울이, 놓기보다는 붙잡기가 우세해지는 나이에 시인은 담백하고 순정한 감성으로 자신의 일상을 찬찬히 풀어놓는다. 오히려 시인으로 살아오지 않고 생활인으로 전 인생을 살아왔기 때문에 노년의 일상과 감성을 더 대표해서 담백하게 말할 수 있었다. 늦게 시작한 시작(詩作)으로 인해 그간 어디에도 들려주지 않았던 노년만의 순수한 감성을 첫사랑에 빠지듯이 열정을 담아 낼 수 있었다. 섬세한 감정을 느끼며 자신의 이야기를 풀어갈 수 있는 한 인간은 생명력으로 가득 차 있다. 이 시집은 노년에 이른 한 원숙한 남자의 다채롭고 풍부한 감정생활과 오랜 연륜에서 비롯한 생의 정수를 가감 없이 보여 준다. 이렇게 나이 들 수 있다면 축복이지 않으랴.

백만섭 시인의 특장을 '노년'으로 시작했지만 늙음은 시인조차도 온전히 이해할 수 없다. 할아버지 얼굴에 왜 주름살이 있냐고 묻는 손자에게 할아버지는 늙어서 그렇다고 하고 손자는 또 왜 늙냐고 묻지만 할 수 있는 대답은 "글쎄다."이다(「손자와의 대화」). 늙음은 주름살이라는 신체의 노화보다도 유한성과 상실감, 종말 의식에서 비롯한 감정의 격화를 표징으로 한다. 명절 때 헤어지는 손자들을 멀리까지 배웅하며 손을 흔드는 할아버지 할머니의 마음과 다음 명절에 또 당연히 볼 줄 알고 휴대폰에서 얼굴을 떼지 못하는 손자 손녀들이 있다. "외로워도 너무 외로워하지 말자."고, "그리워도 너무 그리워하지 말자."(「그렇게 하자」)고 다짐하지만 이제 잃어갈 것으로 가득 찬 때에 마음은 더욱 외롭고 그리움에 차기 마련이다. 오늘의 만남이 마지막일지 모른다는 시간의 단절감과 과거의 기억들은 모두 잃어버린 것들의 흔적이라는 애상은 노년의 근본 정조이다. 노년에게 흔히 요구되는 초탈이나 해탈이 소망 사항일지 모르지만 현실은 "살아 있는 사람의 마음은 아무리 비워 내도/드나드는 사람은 있을 겁니다"(「드나드는 사람이 있어」)처럼 역동적인 관계와 생명의 본능적 충동인 칠정(七情)과 오욕(五慾)의 연속이다. 자신을 둘러싼 세상과 사람에 애착이 있는 한 마음은 비워 낼 수 없다.

아내를 따라 절에 가서도
부처님은 뵙지 못하고 돌아오곤 합니다

집착하지 말고 고뇌 번뇌를 다 내려놓으라고
하는데
그걸 모릅니다

고해에서 벗어나려고
비워서 비워 낸 마음은 허허롭지 않을까요

번뇌를 버려야 든다는 정토淨土 앞에서
혼자 결정하고 삶을 견뎌 내야 하는
마음을 붙들고 있습니다

— 「절에 가서도」 전문

　노년의 성숙은 집착과 번뇌를 다 버리는 것이 아니라 버림 자체를 성찰하는 데 있다. 더 이상 치열한 집착과 잠 못이루게 하는 번뇌조차 내 것이 아니라는 사실을 온전히 받아들인다면 남은 것은 더이상 생명성을 상실한 '허허(虛

虛)'일 것이다. "삶을 견뎌 내야 하는 마음"은 욕심이 아니라 삶을 채우려 하기에 집착에서 멀고 삶의 자연스러운 충동을 버리지 않았기 때문에 허허(虛虛)도 아니다.

시인은 집착과 번뇌, 그리고 이것을 버리려는 집착과 번뇌를 초월하기보다는 새롭고 낯선 길을 가려고 한다. 집착과 번뇌가 과거에 대한 회한과 생의 유한성에 대한 절망, 그리고 육체적·상징적 불사(不死)에 대한 열망에서 비롯한다고 할 때, 아예 낯선 길을 걸어간다면 과거나 유한성에 괴로워할 시간이 없다. 자신이 갈 수 있는 길을 당당히 가본 이는 자신을 활활 불태웠음으로 죽음에 대한 두려움도 잊을 수 있다.

이제 남은 건
등 뒤에 진 저녁노을 뿐인데
몸에 밴 삶의 버릇을
밀어내지 못하고
움직일 수 있는 거리를 재고 있습니다

맨발로 미역 감으러 갈 때
발바닥이 뜨겁던 고향길이며

가 보지 못한 낯선 길도 겁 없이

가 보려 합니다

삶의 허락을 바라면서

　　　　　－「가 보려 합니다」 전문

　인생길 앞에 놓인 시간은 생의 시기에 관계없이 새로
운 시간이다. "내 낯선 길은/무엇으로 채워가며/살아야
하나//마지막 길인지도 모르는/길을 두리번거리며 걷는
다"(「마지막 길인지도 모르는」)에서 보듯이 새로운 시간을
채워 나가는 일이 노년에는 버겁기도 하다. 하지만 시인은
과거에만 침잠해 있지 않고 앞에 남은 시간을 어떻게 채워
나갈 것인가 끊임없이 고민한다. 그의 시적 근원은 '낯선
길'을 걷고 있다는 자각과 이 길이 마지막 행로라는 절실
함에서 비롯한 과감한 용기이다. "가 보지 못한 낯선 길도
겁 없이/가 보려 합니다"며 구체적인 종말 의식을 추동력
삼아 시혼(詩魂)을 불태운다. 그에게 시 쓰기란 90년 가까
운 인생에서 무심히 스쳐지나온 것을 생생하게 살려 내어
의미와 가치를 매기는 일이다. 표현하지 못한 감정과 사랑

을 과감히 드러내며 사회와 가정에서 부여받고 성실히 지
켜 왔던 지위와 역할을 넘어 단독자인 예술가로서 자신을
새롭게 정초하는 일이다.

　　얼어붙은 강 위에 내린 눈을
　　매서운 강바람이 휘몰아치는데
　　얼음장 밑으로 강물은
　　정갈하게 조용히 흐르고 있다

　　생채기 하나 없이
　　제 갈 곳으로 가고 있다

　　　　　　　－「생채기 하나 없이」전문

　만주 출생, 평안도에서 중학까지 졸업, 1950년 11월 14
일 17세에 "죽음과의 동행"(「피난길」)으로 단신 월남, 가족
과 생이별한 채 남한에서 고교 및 대학 졸업 후 약국을 운
영하며 평생 생업에 종사……. 우리의 현대사를 통과하며
온갖 "매서운 강바람"을 맞으며 살아온 시인은 이제 노령
의 나이에 회한의 강바람을 맞기에 이르렀다. 이 바람에

얼어 쓰러지지 않고 오히려 얼음장 밑으로 "정갈하게 조용히 흐르"는 '강물'을 따르고 싶다. 생채기를 이해해 달라고 외치기보다는 생채기 하나 난 적 없다는 굳건한 자세를 따르고 싶다. 시인됨의 자세를 표현한 것으로 읽을 수 있는 이 시에서, 고통스럽고 대하 드라마 같은 산문의 삶을 보듬으며 도달하려는 정결한 시(詩) 정신을 발견한다.

절제된 시 정신은 형식상 특징에서도 드러난다. 난만히 풀어쓰지 않고, 얼음장 밑으로 제 갈 곳을 흐르는 강물을 시각 이미지로 묘사함으로써 자신의 정서와 신념을 표현하는 고도의 절제 정신을 담았다. 3행 17음으로 구성된 일본의 하이쿠[短歌, 단카이]를 연상하는 짧고 인상적인 묘사, 명사나 어구로 끝내며 여운을 남기는 종결, 긴 사연을 담은 이야기를 몇 줄의 행으로 제시하는 요약식 구성도 단아하게 절제된 시 정신과 조화를 이룬다.

추억을 붙들고
같이 살아갈 수밖에 없는
백지엔 어떤 선을 그을까

지워 버릴 수 없는 과거엔

무슨 색을 칠할까

바래지 않는
그림이 되기를 바라면서

쫓기듯 살아온 시간을
내려놓은 자리에
늦게 피는 꽃 한 송이 그린다

-「바래지 않는 그림」전문

시인에게 시 쓰기는 미래의 시간으로 활짝 열린 새로운 길이다. 현재의 시간이라는 '백지'는 지난 기억으로 가득 찬 시인에게 새롭게 채워야 할 모르는 불안하고 막연한 공간이다. 현재는 과거의 기억, 미래에 대한 기대, 미래의 언젠가 이 현재가 회상되리라는 상상이 융합된 중층의 시간 속에서 의미를 얻을 수 있다. 그러나 이제 미래에 대한 기대도, 현재를 회상할 미래도 얼마 갖지 못한 노년의 현재는 지난 시간을 되돌아보는 일로 채워질 수밖에 없다. 시인은 과거를 미화하지도 망각하려고 하지 않고 과거의 모습 그대로인 "바래지 않는 그림"이 되기를 바란다. "쫓기듯 살아온 시간"에는 야속하기도 하고 후회스러운 일들도 있겠지만 자신이 살아온 모든 시간을 곧이곧대로 인정한다. 인정하기에 과거에 더 이상 집착하지 않고 쫓기듯 살아온 시간을 내려놓을 수 있다. 이제 새로 시작되는 현재에서 "늦게 피운 꽃 한 송이"를 피우려 한다. 삶의 유한성과 죽음을 인식하고 백지처럼 펼쳐진 현재의 순간을 의미와 목적으로 충만히 채우며, 철학자 하이데거(M. Heidegger)를 빌리면 '본래적 자기'(eigentlich Selbst)를 회복하여 존재의 개화(開花)에 이르려 한다.

이를 장미와 목련과 개나리가 늦가을 반짝 따뜻한 때에 꽃을 피우는 불시개화(不時開花)로 볼지도 모른다. 그러나 꽃이 피는데 계절이 따로 있을 리 없다. 캔 지 얼마 되지 않은 토란과 고구마가 온기와 습기가 적당하면 종이 상자 안에서 봄을 기다리지 않고도 싹을 틔우려하듯 생명이란 때를 가리지 않고 자기 존재를 확장하고 성장하고 변화하고 깊어지려고 한다. 시인 역시 '늦게' 꽃을 피웠다고 스스로 말하지만 늦은 때란 없다. 스무 살 창창한 청년이 이미 시든 영혼을 가질 수 있는 것처럼, 백살 노령에도 감각과 생각의 모험 속에서 꽃송이를 틔워낼 수 있다. 시인에게 시를 쓰는 시간이야말로 "내 영혼의 튼튼한 뿌리 위에", "내 이름 하나 더 지으"(「그땐 내 이름 하나 더 지으려고 해요」)며, 본래적 자기로 돌아가 아름다운 '꽃 한 송이' 피우는 시간이다.

백만섭 시인은 세인이 갖고 있는 노령에 대한 편견을 여지없이 무너뜨린다. 살아온 세월을 풀어내느라 절제심을 지키기 어렵거나, 나 하나 없어져도 눈 하나 깜짝하지 않을 세상에 대한 포기와 시샘으로 깊은 침묵으로 침잠하기 쉬운 노년의 때에, 새로운 길에 당당히 들어서서 절제된 언어로 자신을 조곤조곤 표현한다. 오래된 기억을 방금 물 위로 튀어 오른 싱싱한 물고기를 마주하듯 충만한 감성으로 에워싸고, 생의 후기에 자신의 전 생을 최종적이고 심미적인 해석자로서 정결하게 매김할 수 있다는 사실을 그의 시는 여실히 증명해 준다.

사랑, 나의 가장 나종 지니인 것

김현승 시인은 『눈물』에서 "나의 가장 나종 지니인 것"을 '눈물'이라고 했는데 눈물은 상실감과 지극한 사랑의 산물이다. 예술가로서 단독적 개성을 확보한 백만섭 시인은 온 갖 상실의 고통과 슬픔 속에서 생의 정수(精髓)로서 사랑을 제시한다. 사랑이 과거에 대한 것이라면 그리움으로 채색 되겠고 현재형이라면 애틋함과 함께하리라. 고향이라는 과거의 장소에 대한 사랑에서 자신의 장소적 근원을 탐색 하고, 어머니의 사랑에서 세상과의 근원적 애착을 회복한 다. 옆에 있는 아내와는 생의 종말까지 함께 하며 상실의 예감을 함께 나누는 운명 공동체의 동지애로 충만하다.

한국 전쟁 때 단독 월남한 시인은 더 이상 고향을 갈 수 없어 고향과 시간뿐만 아니라 공간적인 격절 상태에 있다. 고향인 '태천골 동산몰'은 그의 기억 속에서만 재현된다. 시인은 가스보일러로 데워진 방에서 함박눈을 보다가 "아 랫목이 뜨거운 친구네 사랑방을 찾아 나서면/처음 밟는 하얀 눈이 짚신과 버선에 달라붙어 앞서가던 그날"(「그날 이 그리워지는」)을 떠올린다, 호젓하고 눈이 내리는 겨울 밤 짚신과 버선에 눈을 묻히고, 머리 위에 하얗게 눈이 쌓 인 채 친구네 사랑방을 찾아가 하얀 입김을 불며 방에 들 어가면 친구는 언제나 반갑게 맞아 주었을 것이다. 찬 손 을 녹이라고 뜨거운 아랫목으로 손목을 이끌었으리라.

여름 밥상에 앉으면 생각이 납니다
북쪽 고향집에서는 자주 보았는데
추억이 되었습니다

남쪽에도 어딘가에 있지 않나 싶어
십여 년을 두고 수소문 했지만
볼 수 없었습니다

어느 분이
온양 어디에서 본 적이 있다고 전해 들은 후로는
소식을 전해 주는 분도 묻는 분도 없었습니다
세월 따라 멀리 떠났나봅니다

　　　　　　　　　　－「가지집장」전문

　다정한 친구와 아랫목의 온기뿐만 아니라 맛으로 기억
되는 고향은 시인이 세상과 맺는 근원적 애착을 이룬다.
'가지집장'은 단순히 음식이 아니라 고향의 풍토에서 여름
의 햇빛을 받고 자란 가지에 어머니의 손맛과 기다림과 발
효의 숙성으로 완성된 음식이다. 어린 시절의 가지집장을

맛보려 수소문하여 찾아다니며 시인은 고향으로 잠시나마 회귀하고 싶다.

윤동주의 고향은 이상향의 상징이고, 정지용의 고향은 시간적으로 격리된 유년의 고향이다. 백석의 고향이 민족공동체의 상징이라면 백만섭의 고향은 피란이라는 일시적 탈향(脫鄕)이 역사의 비극 속에서 시공간적 단절을 겪으며 실향(失鄕)과 망향(望鄕)으로 운명 지어진 고향이다. 잃어버려 더 이상 가볼 수도 없는 고향은 순간순간 잃어버리는 것들로 가득 찬 인생사의 거대한 상징으로 화(化)한다. "마음이 어리어 있는 고향을 향한/마지막 여행을 하"(「은어」)는 은어를 닮은 그의 고향 회귀는 상실과 회귀 의지라는 인류의 집단 무의식에 닿아 있다.

시인의 생의 정수로 그리는 사랑의 대상 중에 단연 으뜸은 어머니다. 고향에 어머니가 없었으면 반쪽의 고향이 됐을 것이다.

고향집 앞마당
가을이 지나가는 자라에는
볏짚가리가 있었고
마당질을 다 못 한

콩 가리가 있었다

도리깨질에 저문 타작마당
구부리고 앉아 키질하는
어머니가 있었다

─「가을이 지나가는 자리에는」 전문

시인은 어머니를 "피난길에서 헤어진" 뒤 영영 볼 수 없
었다. 열일곱 살 때였다. "소리 없는 울음소리"로 "환청"으
로만 들리는 어머니(「소리 없는 울음소리만」)를 70년 넘게
마음에만 간직했다. 어머니에 대한 기억은 "구부리고 앉아
키질하는" 모습, 어머니와 나들이 나갔다가 "떨어지지 않
으려 달려가 손잡고 걸어가던 길"(「그때 그 나들잇길」), "아
물거리는 아지랑이가 신기해"(「어머니와의 하루」) 어머니
를 부르는 모습처럼 사소하지만 생생한 장면들이다. 어머
니와 같이 있을 때는 그 사소한 일들이 그 후 시인이 수십
번 다시 찾아가 어머니를 만날 기억의 성소(聖所)가 될 줄
은 생각지도 못했다. 어머니와 헤어진 날 이후, "어린 자식
이 집으로 돌아오기를/기다리고 있는 어머니 생각"에 "지

금도 나는/그날 그 전쟁터에 홀로 서 있"(「실버들」)는 시인
은 어머니와의 관계에서 열일곱 살로 머물러 있다.

프랑스의 문예 철학자 롤랑바르트(R. Barthes)는 어머니
의 죽음을 겪으며 『사랑의 단상』을 썼다. 이 책에는 괴테의
베르테르부터 수많은 연인의 상실을 다루고 있어서, 롤랑
바르트의 개인사를 모른다면 애인을 잃고 쓴 에세이로 착
각하기 쉽다. 어머니의 사랑은 모든 애인의 사랑을 다 담
은 사랑이다. 어머니는 이 세상과 한 인간이 가장 근본적
이고 원초적인 관계를 맺었던 대상이다. 어머니에 대한 기
억은 과거와 세상에 대한 구체적인 느낌의 원천이다. 어머
니는 세상에 나를 존재하게 하는 생물학적 기원과 안전의
테두리를 넘어 존재의 확실성과 일관성을 보증하는 상징
의 대상이자, 지각과 표상과 사유를 가능케 하는 메타 범
주로서 예술과 종교와 철학의 태반이다.

시인에게 기억 행위는 잃어버린 고향과 어머니를 재현
하는 데 바쳐진다. 고향과 어머니를 잃어버려서 이 세계
와의 단절을 경험한 시인은 이 분열 상태를 어떻게 극복할
까. 영원히 닿을 수 없고 회복할 수 없는 자신의 근원을 어
떻게 되찾을 것인가. 시인은 자신의 근간이 송두리째 잘려
나간 기억의 자리에 다시 돌아와, 어머니와 함께했던 시절

을 반복해서 재현하며 상실을 무화하려 한다. 이는 세계와의 분열을 극복하고 조화를 회복하고 싶은 시인의 시 창작 모티브를 이룬다.

잃어버린 고향과 어머니에 대한 사랑으로 현재를 살아가는 시인의 사랑이 향하는 대상은 아내이다. 고향과 어머니가 과거의 상실로 더욱 그립다면, 아내는 현재와 미래의 상실 예감으로 더욱 애틋하다. 인생의 후반기에 생명의 유한이라는 자명한 운명 속에서 불시에 상대를 잃으리라는 예감으로 인해 사랑은 더욱 공고해진다. 이층집을 샀을 때 성큼성큼 계단을 오르며 좋아했던 아내는 노년에 이르러 계단을 오르는 데도 힘들어 "손잡이를 붙들고 숨을 가쁘게 쉬"(「계단」)어야 한다. "살아 내느라 무던히도 애쓰던 집사람이/그럴 수도 없는 길에 들어서려"(「손을 잡고 나는」) 는 모습 앞에서 아내의 외로움과 자신의 외로움은 구분되지 않는다.

    팔베개를 해 달라고 한다
    아픈 팔인 줄 알면서
    검버섯과 깊어진 주름살이
    무슨 말인가를 하려다 말고

눈을 감는다

잠들었다 싶어 팔베개를 빼면
손을 더듬어 잡는다
잠이 안 온다면서

－「불면증」 전문

아내와의 사랑은 어머니의 일방적인 사랑과는 달리 서로 주고 요구하는 사랑이다. 사랑을 일방적으로 베풀면서도 또 상대한테서 일방적으로 바라기도 한다. 그렇다면 이 사랑은 어머니의 사랑 안에 있다. 상대한테서 사랑을 받으면서 어머니를 느끼고, 상대에게 사랑을 베풀면서 어머니가 되면서 또 어머니를 느낀다. 수동과 능동의 차원에서 어머니가 되는 사랑은 완전한 사랑이다. 아내는 남편의 팔이 아픈 줄 알면서도 잠이 오지 않아 남편에게 팔베개를 해 달라고 하고 남편 역시 "사랑한다는 말/한마디 해 주지 못했는데/투정 한 번 없이 살아 준"(「당신을 생각합니다」) 아내에게서 무한한 사랑을 받았다. 불안과 걱정 때문에 잠이 오지 않는 아내는 남편의 온기에 기대어 어머니의 품에서 아무 걱정 없이 잠에 들던 유년의 평온을 찾으려 한다. 잠을 의식의 소멸이자 유사 죽음 체험으로 본다면 사랑은 죽음조차 안심과 평온으로 만들어 준다. 어머니의 사랑을 주고받는 아내와 남편의 사랑은 인생의 대단원에서 이룰 수 있는 궁극의 사랑이다.

새벽잠에서 깬 새소리를 들으며
떠오르는 태양을 볼 수 있다는 것

몸을 스쳐 지나가는 바람 소리를 들으며
심호흡을 할 수 있다는 것

숲속에서 흘러내리는 물소리를 들으며
아침 산책을 할 수 있다는 것

얼마나 괜찮은 일인가

어젯밤
잘 자고 일어나게 해 주어서
감사합니다

앞으로도

오래 그렇기를 바라면서

사랑하는 사람의 손을 잡는다

-「사랑하는 사람이 손을 잡는다」 전문

잃어버렸고 잃어버릴 존재의 소중함을 잘 아는 시인은 현재 누리고 있는 것들을 한껏 사랑한다. 떠오르는 태양과 바람 소리와 물소리, 산책을 하는 아침, 잘 자고 일어났다는 사실에 감사하다. 잠이라는 의식의 소멸에서 다시 아침에 의식을 되찾는 일은 일상의 반복에 불과할 수 있지만 이것조차 아침마다 새로운 시간을 부여받은 것처럼 감사한 일이 된다. "사랑하는 사람의 손"을 잡듯이 세상과 자신은 따뜻한 온기로 연결되어 있고, 세상의 사물과 현상에 대한 사랑으로 시인은 현재를 충만한 감성과 감사로 채운다. 이처럼 과거와 현재의 장소와 사람은 상실과 상실의 예감 속에서도 시인의 내면에서 사랑으로 연결되어 조화를 이룬다.

백만섭 시인은 이 시집에서 시인이라는 예술가의 존재

론적 성찰과, 애착의 장소와 사람에 대한 관계론적 성찰과 사랑을 동시에 보여 주었다. 인간은 나이에 구애받지 않고 지금 새로이 태어나며 단독의 개성을 발견하는 존재라는 희망을 보았다. 생이 다 할 때까지 이 세상과 사람에 대한 사랑으로 충만한 완성된 인간형을 발견할 수 있었다. 이 경건하고 숭고한 시인의 모습 앞에서, 인간은 시간이 흐를수록 결국 노쇠해지지만 정신은 더욱 정결하고 사랑으로 가득 찰 수 있다는 안심을 얻는다. 생의 시기에 구애받지 않고 본래적 자기를 탐색할 수 있다는 용기를 얻는다. 백만섭의 시는 우리 시단의 화두와 인생사의 예술적 형상화에서 외연을 넓힌 소중한 성취다.

쇄신과 갱신

전영태(중앙대 명예교수·문학평론가)

　백만섭 시인의 『바래지 않는 그림』에 수록된 시편을 통독한 후 "시가 늘었다."라는 첫 느낌을 받았다. 이 인상은 첫 시집 『마음 속 섬 하나』의 시편보다 이번 시집의 시들이 더 나아졌다는 것을 뭉뚱그려서 표현한 것이다.

　시를 쓰면서 가장 두려워할 것은 자기 모방과 자기 표절이다. '거기서 거기'의 시들을 판에 박힌 듯 찍어 내는 작업을 극복하기란 지난한 일이다. 시상(詩想)의 혁신, 시어의 쇄신, 시세계의 갱신 등은 쉽게 이루어지지 않는다.

　백만섭 시인은 그 어려운 작업을 이번 시집에서 해 내고 있다. 자신의 시가 "바래지 않는/그림이 되길 바라면서", "늦게 피는 꽃 한 송이"처럼 소중한 의미를 담을 것을 바란다. 실제로 그 바람은 이루어지고 있다. 본 바탕을 가장 잘 나타낸 참다운 경지인 진경(眞境)을 담아 내고 있다. 놀라운 일이다.

이러한 진경은 깨달음의 일상화를 통해 확보된다. 그것은 집착과 번뇌에서 벗어나는 종교적인 깨달음이 아니라 "삶을 견뎌 내야 하는 마음"을 붙들고 일상 속에서 깨달음을 순화시켜야겠다는 삶의 깨달음이다. 이러한 인식이야말로 시적 각성이다. 시의 깨달음은 삶 속의 집착과 번뇌 속에서 이루어진다는 사실을 백만섭 시인은 알아차리고 있다.

이런 점이 『바래지 않는 그림』에 잘 나타나 있기에 "시가 늘었다."라는 불분명하고 약간은 실례되는 표현을 써 본 것이다. 그의 시는 앞으로 앞으로 더 나아갈 것이다.

바래지
않는
그림

ⓒ 백만섭, 2022

초판 1쇄 발행 2022년 6월 7일

지은이	백만섭
펴낸이	이기봉
편집	좋은땅 편집팀
디자인	Aiden Lee
마케팅	㈜벨컴아이앤씨
펴낸곳	도서출판 좋은땅
주소	서울특별시 마포구 양화로12길 26 지월드빌딩 (서교동 395-7)
전화	02)374-8616~7
팩스	02)374-8614
이메일	gworldbook@naver.com
홈페이지	www.g-world.co.kr

ISBN   979-11-388-0972-6 (03810)